SUTOPPU!

Koko wa kono manga no owari dayo.
Hantaigawa kara yomihajimete ne!
Dewa omatase shimashita!
Tanoshii hitotoki wo dozo!

Egmont-Manga-Chiimu

STOPP!

Das ist der Schluss des Mangas.
Fangt bitte am anderen Ende an!
Und nun genug der Vorrede,
viel Spaß beim Lesen!

Euer Egmont-Manga-Team

„heimkehren und neu anfangen" von Cocomi
Aus dem Japanischen von Melania Schmitz
Originaltitel: „Restart wa Tadaima no Ato de"

Or...
RESTART WA TA...

Original Japanese ed...
This German edition is publish...
Tokyo in care of...

W0210586

Deuts...

verlegt durch Egmont Verlagsgesellschaften mbH,
Alte Jakobstr. 83, 10179 Berlin

1. Auflage 2021

Verantwortliche Redakteurin: Manuela Rudolph
Textkorrektur: Lena Dilger
Gestaltung: Esther Strunck
Koordination: Angelika Schönhuber
Printed in the EU
ISBN 978-3-7704-4245-4

* passiver Part in einer Boys Love-Geschichte ** aktiver Part in einer Boys Love-Geschichte

ICH HABE DIESE GESCHICHTE ANGEFANGEN ZU ZEICHNEN, WEIL ICH DARSTELLEN WOLLTE, WIE SICH DIE BEIDEN GEGENSEITIG ERGÄNZEN, RESPEKTIEREN, SICH SPÄTER INEINANDER VERLIEBEN UND IHRE HERZEN DARAUFHIN ZUEINANDER FINDEN.

NACH DIESEM GLÜCKLICHEN ENDE FÄLLT ES MIR SCHWER, DIES ZU SCHREIBEN, ABER ... VIELLEICHT KOMMEN SIE ALS LIEBEPAAR GAR NICHT MITEINANDER KLAR, TRENNEN SICH SOGAR, ODER FINDEN WIEDER ZUSAMMEN, UND OBWOHL MAN NICHT WISSEN KANN, WAS DIE ZUKUNFT BRINGT, WÜNSCHE ICH MIR, DASS DIE BEIDEN IMMER IRGENDWIE ZUSAMMEN SIND UND MITEINANDER LACHEN KÖNNEN. ICH WÜRDE MICH FREUEN, WENN EUCH DIE GESCHICHTE TROTZ MEINER MANGELHAFTEN FÄHIGKEITEN AUF IRGENDEINE WEISE BERÜHRT HAT.

VIELEN HERZLICHEN DANK, AN DEN ZUSTÄNDIGEN REDAKTEUR Y-SAMA, DER MIR SO VIEL GEHOLFEN HAT, DEN MENSCHEN VON DER REDAKTION, DEM DESIGN-TEAM, DEN MENSCHEN VON DER DRUCKEREI, MEINEN FREUNDEN, MEINER FAMILIE UND ALLE, DIE BETEILIGT WAREN!

WINTER 2019

COCOMI

nke fürs Lesen

ENDE

GRABB
Lass uns dieses Jahr...

Hmm.
Das kitzelt!
WÜHL
KNEIF
ZUCK
Autsch!
Willst du...?
Du nicht?
Opa wollte erst am Morgen wiederkommen.
Er sieht sich wohl den ersten Sonnenaufgang an.
WUPP
KLANK
Tss!

* Frittierter Tofu mit Klebreisfüllung

MAMPF
MAMPF
Mhm. Lecker!
Du nimmst immer so große Bissen!
Gleich im neuen Jahr müsst ihr es allen unter die Nase reiben...
Macht so was gefälligst woanders!
Er ist nur neidisch, weil er zu Weihnachten nen Korb bekommen hat.
Harada-san!
Würg!
Was?! Tatsächlich?
Hey!
Warum musst du ihnen das verraten?!
Eigentlich hab ich den Korb verteilt!
Ach ja?
Dass es Menschen gibt...

* Fischwurstrolle mit Schwarzwurzelfüllung

* Wintergericht mit Rettich, Eiern, Fischwurst und Tofu in heißer Brühe.

Was denn? Läuft da etwas zwischen euch?
SCHLUCK
Haha! Na klar!
Wie kannst du das so einfach sagen?!
Ich will...
... mich eben nicht verstecken!
Aber keine Sorge!
Wahrscheinlich hat er's sowieso nicht ernst genommen.
Auch wenn Yamato das behauptet ...
... haben sich die offenen Witze am Anfang...
... nach und nach in ein verstecktes Getuschel verwandelt.

* süßer fermentierter Reiswein

KLOING
KLOING
KLOING
KLOING
Hach!
Das neue Jahr hat angefangen!
KLOING
KLOING
Tatsächlich!
Unser drittes gemeinsames Neujahr.
Brrr!
Kalt!
Frohes neues Jahr!
Ich wickel den Schal fester rum!
ZUPF
Wir haben nie darüber gesprochen...
... dass wir ein Paar sind...

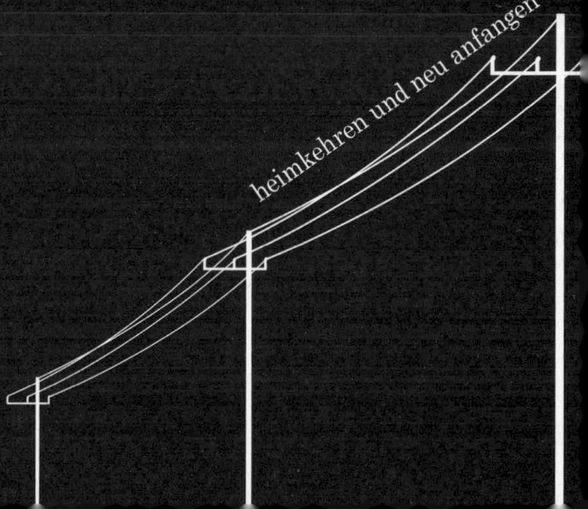
heimkehren und neu anfangen

Hey!
Ächz!
Hh!
Nach Tokyo?
Du hast es gerade noch geschafft.
Ächz!
Hah.
Der Zug nach Tokyo fährt ein.
PSSSH
Den Kerl hab ich noch nie gesehen.
Wer mag das wohl gewesen sein?

Dann solltest du lieber rennen!
Der nächste Zug kommt in fünf Minuten.
TRAPP
Wenn du den verpasst, musst du dreißig Minuten warten.
Fall nicht hin vor lauter Eile!
Was?!
PATT
PATT
WOSH
Hey!
WOSH
Danke...
WOSH
Tickets
Hh!
Hh!

Richtung Tokyo...?
Was...?
Du nimmst...
... den Zug?
Ach so. Ja.

Du fährst schon zurück nach Tokyo?
Ja.
Ich will nicht zu spät zu Hause ankommen.
Mails sind schön und gut, aber hin und wieder könntest du auch mal anrufen!
Wenn mir danach ist.
Du und deine spitzen Bemerkungen!
Pass auf dich auf!
Mhm.
KNIRSCH
Mal sehen, wann der Zug...
... fährt...
KLICK
KLICK

NACH DEM ABSCHIED
Endlich sehe ich dich wieder, und dann ist es auf einer Totenwache.
Dann ist Opa Kumai...
... jetzt wohl allein.

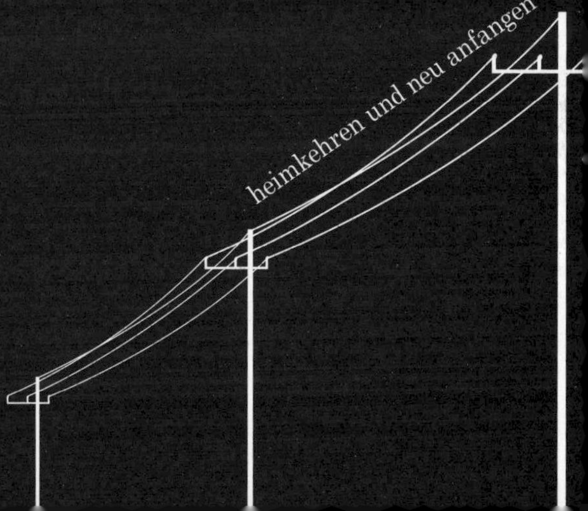
heimkehren und neu anfangen

heimkehren und neu anfangen

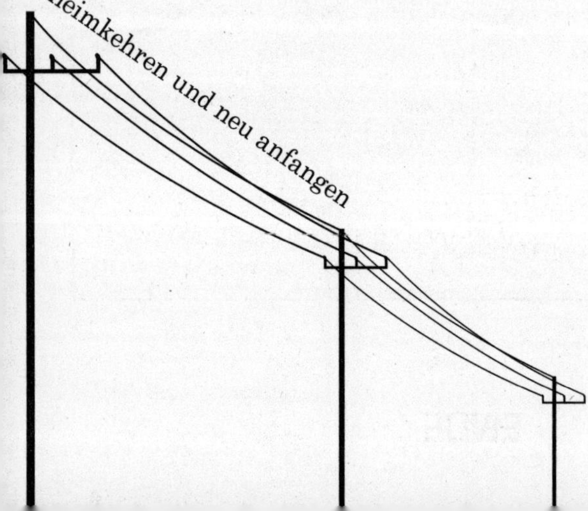

Bei dir werd ich auch eins finden!
Her mit deinem Kopf!
Waaas? Ich auch?

ENDE

Oh!
Was?
Ich hab ein graues Haar entdeckt!
Was ?!
WOSH
Unmög-lich!
WUPP
Echt jetzt?
Vielleicht ist es gar nicht mehr so weit hin...
... bis sich mein Traum bewahrheitet.

Yama-to!
Das solltest du doch lassen...
Aber du bist doch so schön warm.
DRÜCK
...
Hey!
Warte!
PRESS
PLUMPS
Urgh!

Wenigstens im Winter sollst du doch die Haustür benutzen!
He he!
BIBBER
Da gibt's nichts zu lachen!
Mir ist kalt!
BIBBER
RASCHEL
Hier sind Mandarinen!
RASCHEL
Oh!
Danke! Die sind uns gerade ausgegangen!
Hepp!
Uh!
GRABB

Opa!
Ich bin bei Mitsuomi!
Mhm.
RASCHEL
RASCHEL
RATTER RATTER
RATTER RATTER
Yamato!

Ob ich auch...
... lieben kann?
Klar...

STUPS
KABONK
GATONK
GATONK
GATONK
GATONK

Ich hoffe, sie haben ein glückliches Leben.
Gut möglich...
... Linie ...
... bitte umstei-gen.
GATONK
Weißt du...
GATONK
Ich wollte nie als armer Kerl bemitleidet werden, weil ich ausgesetzt wurde...
... aber vielleicht hab ich mich selbst am meisten bemitleidet und mich darin gefügt.
GATONK

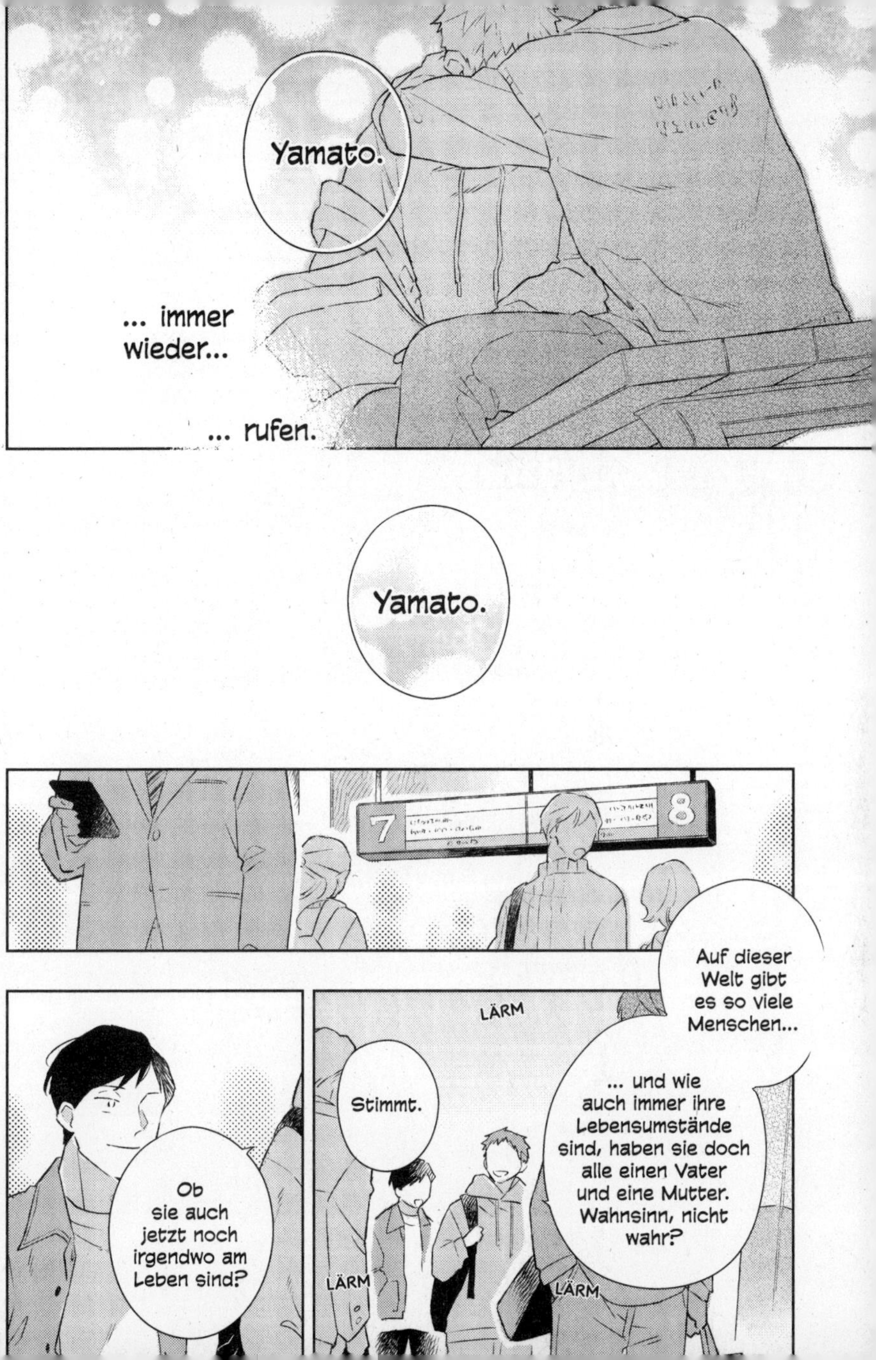
Yamato.
... immer wieder...
... rufen.
Yamato.
Auf dieser Welt gibt es so viele Menschen...
... und wie auch immer ihre Lebensumstände sind, haben sie doch alle einen Vater und eine Mutter. Wahnsinn, nicht wahr?
LÄRM
Stimmt.
LÄRM
LÄRM
Ob sie auch jetzt noch irgendwo am Leben sind?

Da Yamato meinen Namen immer so freudestrahlend ruft...
... werde ich auch seinen...
Mitsuomi.
... als hätte ich noch nie so sanft...
... seinen Namen gerufen.
Sag ihn noch mal.

Tut mir leid...
Das ist wohl nur mein ego-istischer Gedanke...
Nein.
Yamato.
Es kommt mir vor...

Heute gibt's Curry! Dein Lieblingsessen, Takeru!
Hurra!
Bekomm ich auch Nachschlag?
Ein Name...
... ist doch etwas, das einem die Eltern als Allererstes geben.
Auch wenn ich nicht weiß, was für Gefühle in deinem Namen stecken...
... glaube ich nicht, dass man jemandem ohne Zuneigung einen Namen gibt.

Und ich dachte...
... dass mir jemand vom Amt...
... oder vom Heim diesen Namen gegeben hat.
Warum gibt man mir einen Namen...
... wenn ich doch sowieso ausgesetzt werde?
KNITTER
くしゃ

Tsuba
Unglaublich, dass sich jemand noch daran erinnert hat!
Stimmt!
Ich bin echt baff.
Vor 26 Jahren...
... hat man mich also hier gefunden.
nigung

Ihr Name!
Bestimmt haben Sie viel durchmachen müssen...
... aber ich bin froh, Sie hier so wohlauf zu sehen.
Auch ich bin froh...
Haben Sie vielen Dank.

Bitte entschuldigen Sie die plötzliche Frage...
... aber bei Ihrer Unterhaltung ist mir wieder etwas eingefallen.
Als Sie gefunden wurden, bin ich nämlich ebenfalls dazu gerufen worden...
... da der Tsubaki-Park sich gleich hier um die Ecke befindet...
Sie waren in ein nagelneues Handtuch gewickelt...
... und haben friedlich geschlafen.
Auf der Notiz, die in einer Handtuchfalte steckte...
... standen die Schriftzeichen für „Yamato“ und daneben auch gleich die vorgegebene Lesung...
Da stand „Yamato“...?
Ja!

* Heisei-Ära (1989-2019)

Hah...
Jetzt geht's mir besser.
Du bereust es nicht?
Nein!
Oh!
Tut mir leid, aber ich hätte da noch eine Frage.
Ist der Tsubaki-Park hier irgendwo in der Nähe?
Park?
Genau.
Im Heim haben sie mir erzählt, dass ich wohl dort gefunden wurde.

Vielen Dank, dass Sie so lange gewartet haben.
Da steht tatsächlich nichts drin!

Du warst total faltig, hattest ein künstliches Gebiss...
... und deine Haare waren auch ganz grau.
Grumpf!
Das nennst du „gut geträumt"?!
ばさっ
FLAPP
Prust!
Und wenn ich ein Opa bin, bist du auch ein Opa, klar?!
Stimmt.
Du hast recht.
TRRRR
TRR
PLING

Morgen.
Hmm...
Morgen...
Haben wir wirklich in dieser Position geschla-fen?
Ist irgendwie peinlich, nicht wahr?
Haha!
Hmmm!
Ich hab richtig gut geschlafen!
Ich glaube, ich hab gut geträumt...
... auch wenn ich mich nur noch vage erinnern kann.
RITSCH
Ach. Was denn?

Was soll denn das schon wieder heißen?
BZZZ

Ich dachte, dass ich wieder allein sein würde...
... wenn Opa nicht mehr da ist...
... aber seitdem ich dich kenne, stelle ich mir vor...
... wie ich mir auf eurer Veranda dein Gemecker anhöre...
... harte Reiscracker esse und wir zusammen lachen.
Das stell ich mir dann vor.
Prust!

Darf ich dich in den Arm nehmen?
...
Das tust du doch schon längst.
Sorry.
Das war unfair von mir.
Du warst von Anfang an unfair!
PAFF
Mit einem breiten Lächeln machst du einen auf nett und dringst gnadenlos in mein Leben ein...
... aber sobald ich ebenfalls einen Schritt auf dich zu mache, gehst du auf Abstand.
Urgh!
Aber...
... das hast du mir doch nicht durchgehen lassen!

Noch ein bisschen...
Bitte warte noch ein bisschen.
Ist gut...

Bestimmt hat Yamato mehr Angst als jeder andere, jemanden zu lieben...
... aber gleichzeitig sehnt er sich danach.
Und wenn dieser Jemand...
... ich sein könnte...

Als ich nach deinem Kuss in jener Nacht dachte, dass du solche Gefühle haben könntest...
... bekam ich Angst, dir in die Augen zu schauen, Mitsuomi.
Weil ich deine Gefühle nicht erwidern kann...
... wollte ich eigentlich eine Distanz zwischen uns aufrechter-halten...
Ich...
... trau mir solche Gefühle aber nicht zu.
... aber es tut so gut, von dir...
... gemocht zu werden.

Was bedeutet eigentlich...
... Verliebtsein?
Dass man mit dem anderen zusammen sein will?
Mehr über ihn erfahren will?
Seine Hand halten...
... oder ihn küssen will?
Das alles trifft auf mich zu.

Ist es wirklich das...
... wonach es klingt?
Ja. So ist es.
Ich bin aber ein Kerl.
Das weiß ich selbst!
Ist das etwa schlecht?
WUPP
PAFF
Ich frage mich doch selbst ...
... warum ich mich ausgerechnet in nen Kerl verlieben musste.
Warum ausgerechnet in dich?
Ich kann's eben nicht ändern...

Wenn ich es ihm sage...
... wird es wahrscheinlich nicht mehr so sein wie vorher.
Aber ich will ehrlich sein...
... mit mir selbst...
PRESS
... und Yamato gegenüber!
Weil ich in dich...
... verliebt bin!

Mich rausreden?
Sind meine Gefühle für ihn wirklich etwas...
... für das ich eine Ausrede brauche?
Tut mir leid.
PAFF
Was für nen Grund soll's schon geben...
Der Grund ...?
Der Grund?
Weil ich...
... verliebt war.

Was...?
Du hast mich genau hier...
... geküsst.
D...
Du...
Ver-dammt!
Er hat's gemerkt!
In dem Moment hab ich's nicht richtig mitbekommen...
... aber wenn ich jetzt zurückdenke, war's wohl ein Kuss.
Was jetzt?
Wie soll ich mich da rausreden ...?

... da ich seine Wärme schon so spüre.
KNARZ
Eine Frage, Mitsuomi.
Warum hast du mich...
... in jener Nacht geküsst?

Als du im Sommer über Nacht geblieben bist...
... hast du total unruhig...
... geschlafen ...
Die Grenze...
... die sich im vergangenen Sommer zwischen unseren Futons befand...
... fehlt hier.
Und wenn ich noch näher an ihn heranrücke...
... brauche ich nicht mal die Hand nach im auszustrecken...

POCH
Es wird nichts passieren.
Ich weiß genau, dass nichts passieren wird...
POCH
POCH
POCH
... aber...
Warum liegst du so weit am Rand?
Damit du mich nicht trittst.
Was?!
Schlafe ich echt so unruhig?

#006

... aber bei unseren Zimmern für zwei Personen...
... haben wir leider nur noch ein Doublebed-Zimmer frei.
Was...?

Dann lass uns doch die Gelegenheit für ein leckeres Abendessen nutzen.
Maru
Ist es okay, wenn wir uns ein Zimmer teilen?
Was ist denn der Unterschied zwischen „Twin“ und „Double“? Weil wir zu zweit sind, „Double“, oder?
Spinnst du?!
Natürlich nehmen wir ein Twinbed-Zimmer!
Hah...
Bei einem Double sind nämlich...
Es tut mir sehr leid...

Das geht in Ordnung ...
... also mach dir deswegen keinen Kopf!
Aua!
KNEIF
Aber was machen wir jetzt?
Es ist schon ziemlich spät, und wenn ich heimfahre...
... könnte ich einen Rückzieher machen.
Ich sag Opa Bescheid...
... aber fährst du noch zurück, Mitsuomi?
Nein.
Ich hab mir vorgenommen, die Sache bis zum Ende mit dir durchzuziehen.

Hätte nicht gedacht, dass es bis morgen dauern wird.
Hmmm!
Ob das Verfahren so umständlich ist?
Puh!
Ich dachte, ich wäre jetzt dafür bereit...
... aber irgendwie bin ich erleichtert...
... und ein bisschen irritiert, weil ich dachte, es geht sofort.
Und dabei bist du extra mitgekommen. Tut mir echt leid.
Du...
... musst dich nicht dafür entschuldigen.
Aber...

Es ist schon richtig dunkel geworden.

Dasselbe hab ich auch gedacht!
Haha!
Du also auch?
Dann lass uns die Plätze wechseln.

* In Japan gilt Linksverkehr, sodass der Fahrersitz standardmäßig rechts ist.

Stimmt.
Yamato und ich haben uns auch vor einem Jahr um diese Zeit kennengelernt, glaube ich.
Mittlerweile bin ich ihm...
... doch auch eine kleine Stüze ... oder?
PLUMPS
Es wird wohl etwas dauern.
Mhm.
HIBBEL
HIBBEL
...

Wenn ich jetzt zurückdenke ...
... hast du mich gleich von Anfang an in einem erbärmlichen Zustand gesehen.
Haha!
Findest du?
Eigentlich hat er doch viel mehr solcher Situationen von mir mitbekommen.
Ich bin froh, dass du es warst, der damals bei mir war.
Jetzt quatsch nicht so ein peinliches Zeug, Mann...
KICK
Haha!
Du hast recht.
TRAPP
Na schön! Ich geh dann mal!

... so gut wie möglich unterstützen.
Ich warte, solange du brauchst...
... also lass dir ruhig Zeit.
Ich muss gerade an was denken...
Woran denn?
Kannst du dich noch erinnern?
Als sich Opa den Fuß angeknackst hat...
... war ich doch total in Panik, als ich ihn im Lager auf dem Boden liegen sah.
So wie jetzt war ich wie versteinert.
„Reiß dich zusammen!“

Natürlich...
... fühlt er sich unsicher.
Dann möchte ich ihn...
PLING
Yamamoto-sama!
Bitte kommen Sie zu Schalter 3!
TRRR
In Ordnung!
Bitte warten Sie einen Moment.
TRRR

Oh! Tut mir leid!
RUMMS
LÄRM
LÄRM
Der Rücken von Yamato, der mich hinter sich herzog...
... sah kleiner aus als sonst...
... und irgendwie schwankend.
Und auch seine sonst so warme Hand...
... war ein bisschen kalt.
Verstehe...

Bis ich auf die Grundschule kam, bin ich wohl hier aufgewachsen...
... aber ich kann mich überhaupt nicht mehr dran erinnern.
Mal sehen, wo das Amt ist...
TIPP
Hier entlang!
Hey!
ZERR
ZERR
Du sollst doch nicht meine Hand nehmen...

Du darfst mich doch...
... so tief mit reinziehen, wie du nur willst.
Na schön.
Ich komme mit!
PLUMPS
Danke.
Huch!
So viele Leute!
Krass!
LÄRM
LÄRM
Das Landei steht dir echt ins Gesicht geschrieben...
Ich war doch schon ewig nicht mehr in Tokyo!
Wo ungefähr hast du in Tokyo gewohnt?
Mehr Richtung Kanagawa.
Ach!
Kameari Bahnhof (Westeingang)
LÄRM
LÄRM

Ich hab zwar gehört...
... dass ich irgendwo in Tokyo gefunden wurde...
GATONK
... genauer nachgefragt ...
... oder Recherchen über meine Eltern angestellt hab ich aber nie.
GATONK
In meinem Familienregister wird bestimmt nichts stehen...
... aber um 'nen Schlussstrich zu ziehen, wollte ich trotzdem mal reinschauen.
GATONK
Und mit dir zusammen bekomm ich die Reise hin, hab ich mir gedacht.
GATONK
Sorry, dass ich dich da mit reingezogen hab...
GATONK

Nach Tokyo!
GATONK
GATONK
GATONK

Wir fahren nicht mit dem Wagen?
Zieh nicht so! Ich komm ja schon mit...
GUCK
GUCK
Hörst du mir überhaupt zu?
Die Nachbarn könnten uns sehen!
Hä?
BIEP
Wir nehmen den Zug?
Achtung ...
Hey!
Wo fahren wir überhaupt hin?!
... der Zug nach Toyko fährt ein.

Kann ich dich kurz sprechen, Opa?
TOCK
TOCK
Hmm?
Ich möchte dich um etwas bitten...
RATTER
ガラッ
Mitsuomi!
Kannst du mich kurz begleiten?
Du hast heute frei, oder?
Meinetwegen.
Wo soll's denn hingehen?
Hau ruck!
Ach ja!
Nimm 'ne Jacke mit!

... darf nicht davonlaufen!
Ausstellung
für Meldebeschein
auszug etc.
KNARZ
So!

Es ist vielmehr so, dass Mitsuomi sich um mich kümmert!
Was?
Wie denn das?
Hahaha! Wie aus einem Mund!!
Hnggg...
Da sieht man die Familien-ähnlichkeit!
Genau.
Auch ich...

Danke...
... dass du sie mir erzählt hast.
Altarbedarf Kozuka
Oh! Kozuka-san!
Ach du bist's, Yamato!
Hallo!
Danke, dass du dich immer um meinen Sohn kümmerst.
Er ist schrecklich verwöhnt, nicht wahr?
Hä?!
Wer ist hier verwöhnt?!
BRZ
Na du, wer denn sonst?!
BRZ
Nein, Kozuka-san!
PATT

Tut mir leid...
Eigentlich war ich derjenige, der dich auf deine Vergangenheit angesprochen hat...
... aber jetzt fehlen mir die Worte.
Schon gut.
Du brauchst nichts zu sagen.
Ich hab's dir einfach nur erzählen wollen...
... und mir gewünscht, dass du mir zuhörst.
Tut mir leid, dass die Story so lahm war.
ZACK
Red nicht so, du Blödmann!
Diese Geschichte bedeutet sehr viel!

Doch sein aufschauendes Profil...
... erweckte irgendwie den Eindruck, als wäre er mit sich im Reinen.
Die meisten Menschen, denen ich bei der ersten Begegnung sage, dass ich keine Verwandten habe...
... fragen in der Regel nicht weiter nach.
Bis jetzt fand ich das gut, weil es bequem war...
... aber aus unerfindlichen Gründen...
... hab ich dir jetzt meine Geschichte erzählt.
Verstehe...

Nach und nach...
... als würde er die Erinnerungen einzeln aufsammeln...
... erzählte mir Yamato von seiner Vergangenheit.
Dass er in Tokyo zur Welt kam und auf einer Parkbank ausgesetzt wurde...
Wie er in verschiedenen Heimen gelebt hat...
... und auch von den Kindern, mit denen er zusammen aufgewachsen war.
Ich fragte mich, was währenddessen in Yamatos Kopf vorging...
... und weil er nicht darüber sprach ...
... versuchte ich, seine Gefühle aus seiner Miene herauszulesen.
Auf mich hatten zu Hause meine Eltern gewartet...
... und ich hatte Geschwister, mit denen ich mich hin und wieder stritt...
... und das alles war für mich so selbstverständlich, dass ich mir nicht einmal vorstellen kann, wie er sich gefühlt haben muss.

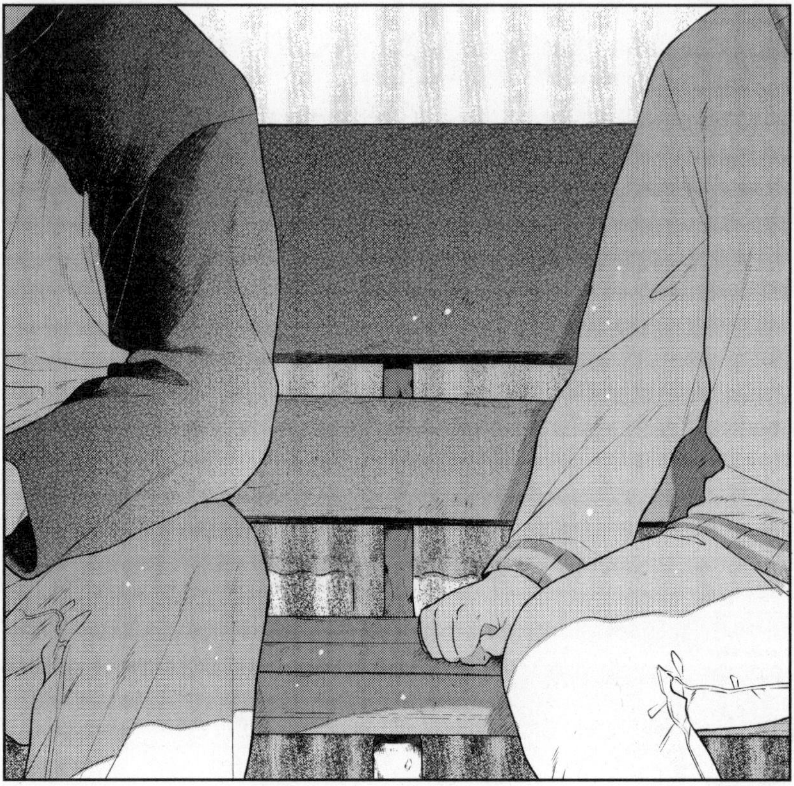

#005

Obwohl er sonst immer was zu meckern hat...
... hält er in solchen Fällen leider den Mund.
Wenn ich ihm von mir erzähle, werde ich womöglich wieder bemitleidet.
Aber...
„Wenn du die Person gern hast, geht es bestimmt in Ordnung.“
... Mitsuomi möchte ich es erzählen.
Mitsuomi.
Kann ich dir...
... von früher erzählen?

Aber weißt du...
Oma war der einzige Mensch, der jemals eine Mutter für mich war...
... und ich war echt glücklich, dass ich auch nur für kurze Zeit...
... ihr Kind sein durfte.
Jetzt bin ich auf einmal so melancholisch geworden...
... nicht wahr?

Er sagte, Oma wäre mal kurz im Krankenhaus...
... und wir haben sie zusammen besucht.
Obwohl Opa immer so energiegeladen war, saß er so krumm da.
Ach so.
Oma macht es nicht mehr lange, musste ich dann denken.
„Ja!
Ich möchte euer Sohn sein!“
Sie starb...
... schon einen Monat, nachdem sie mich adoptiert hatten.

... sind die Lieblingsblumen von Oma...
... hat mir Opa gesagt.
ぱしゃっ
SPLASH
Eigentlich...
... wäre es schön gewesen, wenn mir Oma von viel mehr Dingen erzählt hätte, die sie mag...
... aber wir hatten nur eine ganz kurze Zeit miteinander.
„Möchtest du nicht unser Sohn sein?“
Obwohl sie sonst immer zu zweit zu unsren Treffen gekommen sind...
... war Opa an jenem Tag allein.

Die sind von Opa.
Er geht immer allein zum Grab.
Vielleicht ist es ihm peinlich, wenn ich dabei bin...
... oder er hat Oma so viel zu erzählen.
Gut möglich.
Vielleicht über ihren Sohn, der ihm so viel Arbeit macht.
Der nur körperlich gewachsen ist.
Hahaha!
Ganz be-stimmt!
Diese Blume ist auch in Opas Strauß drin...
Astern...

Ah! Diese hier!
Wo die in Lila...
... mit drin ist.
Alles klar.
Mama! Kann ich mal kurz weg?
Ist gut!
?
PLITSCH
Du gehst auf den Friedhof, nicht wahr?
Ich komm mit!
Famili
Kumai
Diese Blumen sind noch frisch.

Wahr-scheinlich ist Mitsuomi etwas...
... Besonderes für dich.
Was soll denn das heißen?
Ich versuchte schon die ganze Zeit zu ignorieren...
... dass es meinem Herzen jedes Mal einen Stich versetzte, wenn Harada Mitsuomi sagte.
Etwas Besonderes...?
Während der Woche der Tagundnachtgleiche haben wir geöffnet.
RATTER
RATTER
RATTER
Mitsuomi!
Habt ihr frische Blumen?
Hi!
Hey!
Während des Bonfestes und der Woche der Tagund-nachtgleiche schon.
Welche nimmst du?

... hatte ich ihn wie selbstverständlic beim Vornamen gerufen...
... und wie selbstverständlich ging er neben mir.
Das war alles so normal...
... dass ich mich fast nicht mehr daran erinnern kann, wie es dazu kam.
MURMEL
Ich hätte es auch gern gehabt, wenn du mich beim Vornamen genannt hättest...
HEPP
H...
Hiromu ...?
Hey! Lass das! Mir wird schlecht!
Urgh!
Entscheid dich mal...
Aber mir kommt's auch irgendwie komisch vor.

Auf der Highschool hast du doch selbst die Jungs aus derselben Klasse mit Nachnamen angeredet.
Hab ich das...?
Gut möglich! Jetzt, wo er's sagt.
Aber nicht nur auf der Highschool ...
... sondern schon vorher ...
Vielleicht, weil ich selbst nicht gerne beim Vornamen genannt werde.
Ja richtig!
Weil mir seine Mutter schon vor unserer ersten Begegnung ständig von Mitsuomi erzählt hat.
Das ist der Grund.
Mehr steckt nicht dahinter?
Nein...
Mitsuomi ist doch Mitsuomi!
Ehe ich mir dessen bewusst war...

Heute bist du nicht mit ihm unterwegs...?
Hm?
Mit Mitsuomi.
ド
キッ
POCH
Mitsuomi?
Wir sind doch gar nicht immer zusammen.
Heute hat er viel zu tun.
Aha.
Sind wir echt so oft zusammen?
Hör mal.
Du redest ihn doch mit Vornamen an.

Dabei bin ich derjenige, der auf Abstand gegangen ist.
„Du hast doch mal gesagt, dass du keine Verwandten hast…“
„Sorry, Mitsuomi!“
Das war ein bisschen zu offensichtlich…
Hier Kumai!
Hey!
Huch?
Hat dein Vater heute frei?
Ach so. Er ist bei Verwandten und so.
Verstehe.
DOMM

Mag sein...
... dass man sich im Normalfall an seinen Eltern orientiert und und sich ganz automatisch so ein Leben vorstellt.
Aber weil ich so etwas nicht kenne...
... wenn mir jemand so ein Leben schenkt.
... kann ich bestimmt nichts zurückgeben ...
ドゴッ
KRAWOMM
O je!
Hoffentlich ist der Inhalt heil geblieben.

Was ich tun will?
Das siehst du auch so, nicht wahr, Harada?
Keine Ahnung...
Magst du nächste Woche mit mir...
... aufs Sommerfest gehen...?
Sie war ein Mädchen aus der Klasse, mit der ich mich ganz gut verstand...
Tut mir leid.
... und ich fand sie auch süß...
... aber...
... ich konnte mir überhaupt nicht vorstellen, sie als feste Freundin zu haben...
... sie eines Tages zu heiraten, als Familie zu leben und Kinder zu bekommen.

Er ist ein bisschen verschroben und meckert viel...
... aber er verbirgt seine Gefühle nicht...
... und nennt die Dinge beim Namen.
Wenn er wie eben mit mir schimpft, um seine Verlegenheit zu überspielen...
... spüre ich manchmal sogar als Kerl Zuneigung für ihn.
Aber...
Nagase ist ganz bestimmt in Yamato verknallt!
Stimmt! Das sieht man ihr richtig an!
Was willst du tun, Yamato?

Dass du's nicht mehr lange machst und so...
HAMM
Sag das nicht...
Du bist schließlich noch jung!
Komm! Sitz gerade!
KLATSCH
Hepp!
Heute Nachmittag bin ich kurz weg.
Alles klar.
DOMM
Jedenfalls hab ich ihn gern.
Genau.

Hau ruck!
... dass es mich...
... so verwirrt.
Was denn?
Bist du in jemanden verliebt?
Hmm...
Wenn du die Person gern hast, geht es bestimmt in Ordnung.
Mach dir keine Gedanken wegen eines alten Knackers, der es eh nicht mehr lange macht.

Damit meine ich...
... keinen Kuss zwischen einem Liebespaar...
In TV-Serien sieht man doch oft, wie Eltern ihr schlafendes Kind küssen.
So was in der Art meine ich.
...
HAPPS
Hast du Oma auch mal auf so eine Art geküsst?
MAMPF
MAMPF
Lecker...
Yoshiko-san hat's drauf.
Ach so.
Ist dir das etwa peinlich, Opa?
Red keinen Blödsinn!
Aber ich kann mir nicht vorstellen, dass Mitsuomi einer schlafenden Person...
... obendrein 'nem Kerl, einfach so einen Kuss aufdrückt.
Vielleicht hat es etwas damit zu tun, dass er mir seit jenem Tag mehr Fragen über meine Vergangenheit stellt...

Also dann!
Bis dann! Schöne Grüße an deine Mutter!
Ich dachte schon...
... er würde mich wieder küssen...
Immer wenn ich mich an das Gefühl seiner Lippen in jener Nacht erinnere...
... denke ich jedes Mal...
KLING
... was wäre wenn.
Eine Frage, Opa!
Hm?
In was für Situationen gibt man jemandem einen Kuss?
ZUCK

ドキッ
POCH
DODOMM
DODOMM
ドクンッ
DODOMM
ぐっ
RUBB
Oh!
Ist tatsächlich nur Erde.
Danke...
RASCHEL
Puh.
Warum wischst du das an meinem Shirt ab?
Macht doch nichts. Ist doch eh schon schmutzig.
WISCH
WISCH-
Wie gemein!

Schon komisch, dass ich mich geliebt fühle...
... wenn er mit mir schimpft.
... aber aus unerfindlichen Gründen fühlt sich das für mich nach Liebe an.
Worüber hatten wir denn eigentlich geredet?
POFF
Du lachst einfach nur so?
Du hast...
... da was...
?

Du fängst immer gleich an zu lachen.
Mitsuomi schimpft oft mit mir...
... dass ich nicht immer so blöd lachen soll.
Na ja, weil es Spaßig ist.
Ich lache, weil ich mich freue.
... Für Freude gab es doch gar keinen Anlass.
Echt nicht?
Wenn ich das sage...
... wird Mitsuomi womöglich wieder sauer werden...

Komm doch rein! Ich mach uns Tee.
Nein danke.
In der Woche der Tagundnachtgleiche gibt's immer viel zu tun.
Verstehe.
Läuft's denn gut zwischen dir und deinem Vater?
Nein, überhaupt nicht!
Auch seit heute Morgen meckert er herum, warum ich keinen Führerschein habe...
NÖRGEL
Dabei hat er ihn selbst erst gemacht, nachdem er Dreißig war!
BLITZ
NÖRGEL
Hahaha!
Was ist los?
Ich hab doch gar nichts Lustiges gesagt.
Haha!
Sorry!
Mitsuomi ist wie immer.

* Mit süßem Bohnenmus oder Sojabohnenmehl bedeckte Reiskuchen.

** Jap. Higan: Buddhistische Feierwoche, in der man Gräber besucht und der Verstorbenen gedenkt.

Manchmal klingt dein Lachen etwas unbeholfen...
POCH
Und du kannst mich wie bisher Opa nennen.
WUSCHEL
Huch!
Ich bin ja auch ein alter Knacker.
Und obwohl ich die ganze Zeit so gelebt habe...
Mittlerweile ist auch dieses Zimmer hier geschrumpft...
RATTER
ガラガラッ
RATTER
Hallo!

Ich bekomme wirklich so ein großes Zimmer?
Boah!
Das Zimmer wird sowieso nicht benutzt.
Also richte dich hier ein, wie du willst.
RATTER
RATTER
Vielen Dank, Opa...
Oh.
Ab heute bist du ja mein Papa.
Boah!
Hier passt wirklich alles rein!
Obwohl ich fast nichts hab.
Haha!

„Das muss ja schrecklich gewesen sein!“
„Dass es so schlimme Eltern gibt!“
„Der Ärmste!“
... dass ich ein ungewolltes Kind...
... und arm dran war.
Beim Gedanken, dass andere mich so sahen...
... fühlte ich mich bei allem, was ich tat, minderwertig...
... und bemühte mich zu Lachen, um bloß kein Mitleid zu erregen.

Gleich nach meiner Geburt wurde ich auf einer Parkbank ausgesetzt...
... glaube ich.
Natürlich weiß ich das nur vom Hörensagen...
... aber seit ich denken kann, bin ich allein.
Obwohl ich damals nicht genau wusste...
... ob ich mich deswegen einsam oder traurig fühlen sollte.
Ich bin wieder da...
Ich finde, dass ich es auch ohne Eltern ...
... mit meinem Heim, meinen Freunden und meinem Umfeld gut getroffen hatte.
Doch ob ich wollte oder nicht, wurde mir mit der Zeit klar...

#004

O je...
Der Junge macht mal wieder Sachen.
Seine Mutter hatte schon recht.
Auf dem Foto sah sein...
... frustriertes Gesicht tatsächlich alles andere als niedlich aus.
Aber ich konnte die Liebe spüren...
... die ihm entgegengebracht wurde.
Ich wollte auf einmal wissen, wie jemand ist...
... der auf diese Weise geliebt wird.
Wenn ich heute zurückdenke...

Er war schon immer eine Heulsuse.
Ich glaube, das war auf dem Sportfest in der Grundschule.
Sieht ulkig aus, oder?
Er hat aus Frust geweint, weil ihm während des Staffellaufs die Staffel aus der Hand gefallen ist.
Prust!
Als er sich neulich endlich mal wieder gemeldet hat...
... sagte er, er sei gefeuert worden und komme jetzt wieder zurück.

heimkehren und neu anfangen

heimkehren und neu anfangen

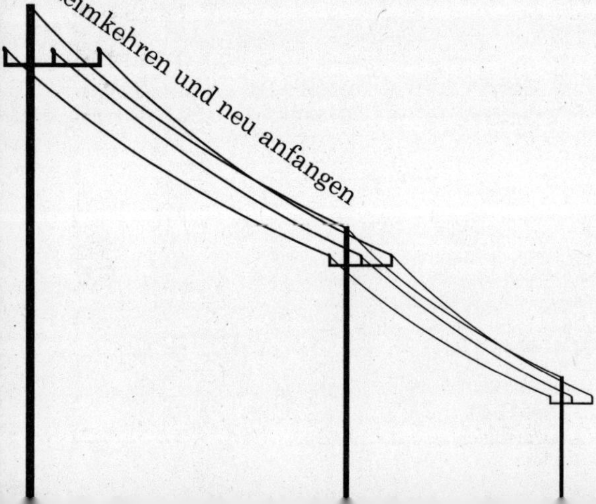

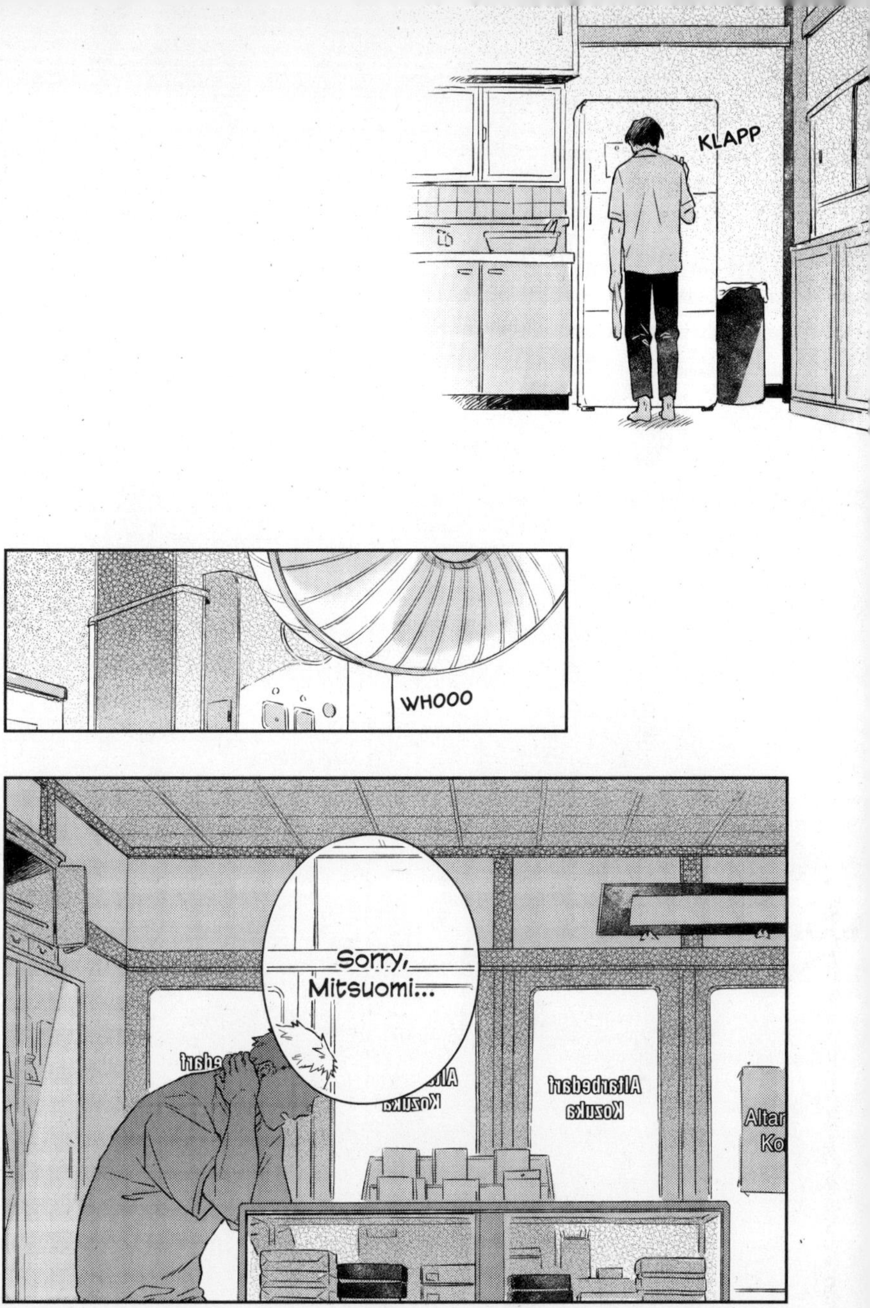
KLAPP
WHOOO
Sorry, Mitsuomi...

Ich...
... will ihn nicht um jeden Preis ausfragen.
Selbst wenn er niemals darüber reden will, ist das für mich okay.
Oh, Mitsuomi!
Trag doch bitte den Karton, der im Flur steht, in den Laden.
Alles klar!
Aber...
... trotz-dem fühl ich mich dabei ein bisschen ...
... einsam.

Verdammt! Es ist schon ganz weich.
Genau jetzt!
hin und wieder eine Wand zwischen euch?"
Das ist diese Wand!
KABONK
Ich leg es erst mal ins Gefrierfach...
Ja, danke!
RASCHEL

Verstehe.
Über die Adoption redet er ziemlich locker.
Ich frage mich, ob es den anderen aus dem Heim gut geht.
PRESS
Ähm...
Du hast doch mal gesagt, dass du keine Verwandten hast...
Sorry, Mitsuomi!
Ich hatte total vergessen, dass ich Eis gekauft hatte...
RASCHEL
... um es mir dir zu essen!

Hach, das waren noch Zeiten!
Damals sind wir mit der ganzen Klasse...
... zum Anfeuern angerückt und so.
Dann werd ich einfach ...
... mal etwas tiefer bohren.
Warst du auch in irgendeinem Schulklub?
Nein, ich war in keinem Klub.
Damals bin ich noch zwischen Opas Haus und dem Heim hin und her gewechselt.
War er noch so eine Art Pflegevater ...?
Ja, genau!
Offiziell adoptiert wurde ich erst kurz vor dem Tod der Oma.

Er wird tatsächlich so schnell wütend, wie du und mein Vater...
... es mir erzählt habt.
Mensch, Harada. Hör auf mit deinen Spielchen.
GRINS
Also dann, Mitsuomi!
Nenn mich gefälligst nicht beim Vornamen!
ZETER
ZETER
Wann habt ihr beiden euch denn angefreundet?
Uff...
Wie kommst du denn auf diesen absurden Gedanken?
Auch wenn er nicht danach aussieht, war er auf der Highschool ein Baseballass.
KABONK
Machst du Witze...? Kann ich mir absolut nicht vorstellen.

Was willst du eigentlich von mir?!
BAMM
Jetzt reg dich nicht so auf.
Halt die Klappe! Hier! Das Wechselgeld!
Streitest du dich schon wieder, Mitsuomi?
RATTER
Hey, Yamato!
Tut mir leid, aber ich kann deinen Freund nicht ausstehen!
Je länger ich mit ihm rede, umso mehr bringt er mich auf die Palme!!
UNGERÜHRT

Willst du von mir hören...
... was ich alles über ihn weiß?
ぱっ
WUPP
Warum zum Teufel...
... sollte ich deswegen dich fragen?!
Da hast du auch wieder recht...

Hä...?
Grumpf!
Was Besonderes?
Er ist doch...
... immer so fröhlich und umgänglich, aber spürst du nicht auch...
... hin und wieder eine Wand zwischen euch?
ドキ
POCH
„Ich werde nämlich nicht heiraten!"
„Was ...?
Heißt das..."
„Ich hol mir noch was zu trinken."
GRABB
ぐいっ

Worüber...? Über ganz normales Zeug.
Aha.
Auch von früher?
...!
Na ja...
Fast gar nicht.
Ach so...
Ich dachte, eure Beziehung wäre etwas Besonderes.
Wie langweilig.

Was?
Ach so. Gut möglich. Wir haben oft am Fischteich bei euch in der Nähe gespielt.
GRINS
Also doch! Du hast doch immer geheult, weil dich deine großen Brüder so herumkommandiert haben.
Das hatte ich doch verdrängt!
BLUSH
Das macht 1800 Yen!!
RASCHEL
Sag mal...
Worüber redest du immer mit Yamato?
Was?

TOCK
Räucherstäbchen...
Von Anfang an hatte ich schon das Gefühl...
WHOOO
... dass er mich nicht mag ... oder mir vielmehr feindlich gesonnen ist.
Was ist hier los...?
Mir ist wieder eingefallen...
... dass du früher oft bei uns warst, um Süßigkeiten zu kaufen.
Mit deinen Brüdern.

Oh Mann.
Mein Herz kommt nicht mehr zur Ruhe!!
じぃ――っ
STARR
Willst du was Bestimmtes ...?
Altarbedarf Kozuka

Man weiß nie so ganz, was in seinem Kopf vorgeht...
... aber wenn man mit ihm spricht, ist er ein guter Kerl.
Aha...
Dabei hat er vorher so geredet, als hätte er niemanden außer mir!
WUPP
HAT ER NIE BEHAUPTET.
Hey! Warum bist du so schlecht drauf?
QUETSCH
S...
Spinnst du! Fass mich nicht an bei der Hitze!
SWOSCH
Schon gut, ich mach jetzt die Klimaanlage an.

Bis dann!
Seit der Highschool heißt...
... sie kennen sich schon an die zehn Jahre.
Ich kann nichts daran ändern, dass er ihn viel länger kennt als mich.
Das ist mir schon klar.
Argh!
Ich hätte den Wagen mehr im Schatten parken sollen!
Verdammt heiß!
Aber...
バタンッ
KLAPP
... ich hab das Gefühl, dass ich immer gieriger werde.
Hat er dich irgendwie gekränkt?

Hey, Yamato! Ich hoffe, du hast kein unnötiges Zeug herumerzählt!
Was? Ich glaube nicht.
Was hast du denn?
Und das ist...
Aber diese großkotzige Art kommt mir doch...
... irgendwie bekannt vor...
... Hiromu Harada.
Er ist der Sohn vom alten Harada.
Hallo!
Ah!
... Harada.
Der alte...
Oh Mann!
Er ist ihm superähnlich!!
Der Apfel fällt nicht weit vom Stamm ...!!
Jetzt, wo er's sagt...
Auf der Highschool waren wir die ganze Zeit in derselben Klasse...
... und auch heute unterhalten wir uns, wenn ich bei ihnen im Laden bin oder so.
Ach ja! Morgen hüte ich den Laden, also man sieht sich!
PATT
Bis dann!

GRÜBEL
Hä?! Passt mir das etwa nicht?!
Ah! Ich will mich nicht runter-ziehen lassen!
ZERR
Das ist Mitsuomi!
Hier!
Dieser Typ hier?
SST
Grumpf!
„Dieser Typ"...?!
So so...
STARR
Hallo.
?!
Stimmt! Er guckt tatsächlich böse!
...
Muahaha!

Ich finde eher, dass *du* so wenig gegessen hast.
Meine Portionen sind doch Durchschnitt.
Yamato!
Huch?
Harada!
Hey!
Wie ungewöhnlich, dich an so 'nem Ort zu sehen!
Ach komm!
GRABB
Nicht, Harada! Es ist so heiß!
Ich glaube, ich sehe Yamato zum ersten Mal...
... mit 'nem anderen Kerl in unserem Alter sprechen.

ガ
KABONK
Ich hol mir noch was zu trinken.
ダッ
Heißt das...
Was...?
Soll ich dir auch was mitbringen, Mitsuomi?
Nein, nicht nötig...
Bestimmt gibt es einen Grund...
... für diese klare Ansage...
... aber ich trau mich nicht, nachzubohren.
Uff, bin ich satt!
Ein Wunder, dass du nach der Riesenportion noch Platz für Nachtisch hattest...

Aber hin und wieder stellen mir Eltern, die es ernst meinen, ihre Töchter vor.
KLAPP
Ach!
SCHLUCK
Kein Wunder... Er hat was von einem perfekten Schwiegersohn.
POCH
POCH
Und wie reagierst du darauf?
Natürlich lehne ich ab.
Ich werde nämlich nicht heiraten!

Welcher Kerl freut sich schon über eine Liebeserklärung von `nem anderen Kerl?
Vor allem wird er`s erst mal nicht ernst nehmen.
Eines Tages wollte ich es ihm sagen...
... aber vielleicht ist es besser, alles so zu belassen, wie es jetzt ist.
Ein Blitzmerker ist er bestimmt auch nicht.
Hmm!
Mal sehen, ob auch was für Opa in der Karte steht.
Nervt man dich eigentlich auch damit?
Womit?
Na dem Heiraten.
HAPPS
Ach so.
In letzter Zeit nicht mehr.

... und mir fällt wieder ein, wie sich Verliebtsein anfühlt.
Stimmt, schmeckt normal.
MAMPF
MAMPF
...
Warum hast du dir eigentlich Mittagessen bestellt, wo es doch deine Idee war...
... einmal ins „Morning" zu gehen?!
TRET
Ja schon...
... aber weil ich doch längst gefrühstückt hab, hatte ich gerade richtig Kohldampf.
Also echt...
Gleichzeitig wird mir bewusst, dass ich viel weniger auf eine erwiderte Liebe hoffen darf...
... als bei einer Beziehung zwischen Mann und Frau.

Aber du wirst jeden Tag ausgeschimpft.
SLURP
Hahaha!
Halt die Klappe!
Warum weißt du das überhaupt?
Schmeckt das gut?
Mhm, schmeckt normal.
Mal probieren!
SCHNAPP
Hey!
Ich hab...
... doch schon reingebissen.
BLUSH
Seitdem mir klar ist, dass ich in Yamato verliebt bin...
... macht mich selbst etwas so Gewöhnliches ganz hibbelig...

Und am Ende heißt es dann, wann ich denn in trockene Tücher komme...
LÄCHEL
LÄCHEL
... und mir endlich Frau und Kinder zulegen soll.
Was ist...?
Ich dachte nur...
... dass du 'ne Menge Spaß zu haben scheinst.
Du freust dich doch, im Laden mit anpacken zu dürfen, oder?
Das...
... schon...
MURMEL

ZIIIERP
ZIIIERP
ZIIIERP
Warum reden diese älteren Frauen bloß immer so viel...?
Was für ältere Frauen?
Die Kundinnen, die in unseren Laden kommen.
Keine Ahnung, wo sie das aufgeschnappt haben, aber sie fragen nach der Hochzeit meines Bruders...
... und wollen wissen, wie seine Frau so ist und so.
Woher soll ich denn wissen, wie die beiden zusammengekommen sind!

#003

heimkehren und neu anfangen

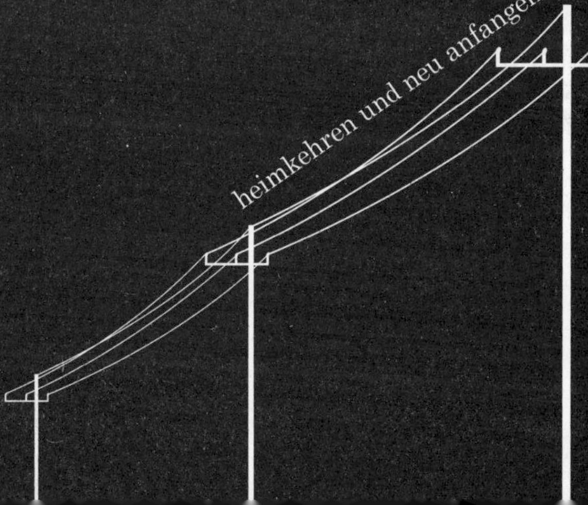

Yamato.
Noch werd ich's wohl nicht schaffen, dir offen und ehrlich von diesem Gefühl zu erzählen…
… aber eines Tages würde ich es gerne tun.
Huch!
Was ist denn los?

... muss ich morgen geschäftlich los.
Wenn du verschläfst, lass ich dich hier.
Ich bin dabei...!
Wohin gehst du?
QUIETSCH
Ich liefere...
... die Mitbringsel ab!
たっ
TRAPP

Und jetzt...
... würde ich gerne dein Nachfolger werden.
Ist das etwa schlecht...?
PACK
Um halb Zehn...

Okinawa war schon verdammt heiß!
PLUMPS
Hör mal, Papa...
Ich bin tatsächlich zurückgekommen, weil ich gefeuert wurde...
... und vielleicht bin ich sogar davongerannt.
Aber deswegen hab ich mir auch...
... über dich und Mama, die anderen Leute hier...
... oder meine eigenen Wünsche Gedanken machen können.

Indem ich mich weigere, mir dieses Gefühl einzugestehen...
POCH
POCH
POCH
Wo soll das noch enden?!
... hab ich schon verloren.
ZIIIERP
ZIIIERP
Da sind wir wieder!
H... hallo...
Danke, dass du das Haus gehütet hast!
RATTER
RATTER
Hier ein paar Mitbringsel! Bring doch auch etwas zu Yamato rüber!
TOCK
Mach ich.

Obwohl ich...
STEMM
... so eine Vorahnung habe...
ぱちっ
KLAPP
Hm?
Hast gerade was gemacht?
SWUPP
Echt nicht?
N...
Nein, hab ich nicht!
War bestimmt ein Insekt!

Mhm...
DODOM
DODOM
Hä?!
Angenehm oder nicht... ?!
SWUPP
In Wahrheit ist mir längst bewusst geworden...
Hmm...
... dass sich in diese angenehme Atmosphäre von Zeit zu Zeit...
... ein irritierendes Gefühl mischt.
Und auch, dass mich seine Nähe...
... von der ich zuerst glaubte, mich nie an sie gewöhnen zu können...
... in gewissen Momenten nervös macht.

Das...
... sag ich nicht aus Trotz, aber ich kann doch nichts daran ändern, dass ich erst jetzt dazu bereit bin.
... hab ich mir...
... gedacht.
SWUPP
Und genau deswegen ist es wichtig, dass ich mich mit ihm ausspreche...
Ja.
Das passt total zu dir.
Eine gute Seite an dir ist, dass du immer deine ehrliche Meinung sagst, egal ob sie angenehm ist oder nicht.
Bestimmt weiß das auch dein Vater.
Schließlich lebt ihr unter einem Dach und seid obendrein eine Familie!

Mir war es immer unangenehm, dass meine Eltern einen Laden für Altarbedarf besitzen.
Auf der Grundschule hat mal einer gesagt, dass ich nach Räucherstäbchen stinke.
Obwohl ich bis zu diesem Zeitpunkt den Geruch von Räucher-stäbchen mochte...
... half ich seitdem immer weniger im Laden aus...
... und sagte, dass ich ihn auch nicht übernehmen wolle.
WÄLZ
Mein Vater hat absolut recht.
Ich mach es mir zu leicht, wenn ich den Laden jetzt doch übernehmen will.

Mi-tsu-omi!
Du fängst dir noch 'ne Erkältung ein, wenn du hier schläfst!
Wah!
SWUPP
Was?! Ich hab geschla-fen?
Aber was machst du denn hier...?
Na ja...
Deine Eltern fahren doch sonst nie weg...
... und ich dachte, du fühlst dich vielleicht einsam.
Warum...
... bist du nur...
... so drauf?
Weiß du...

Huch...?
Irgendwie ...
... fühl ich mich einsam.
...
... mi.

Was zum Teufel soll das heißen?!
Was soll daran „gut" sein?!
ぺしーんっ
BATSCH
Ich führe schon die ganze Zeit Selbstge-spräche...
Das kommt davon, wenn man so lange allein in Tokyo lebt!
SCHWANK
SCHWANK
KLAPP
Jetzt wird getrunken!
GLUCK
Puha!
PLUMPS

... Mitsuomi...
... oder seine Wärme...
... kennen-gelernt.
Mach ihnen auch endlich Freude, Mitsuomi! ♡
Das ist ja wohl nicht sein Problem!
ど
かっ
RUMMS
Auch wenn ich nicht heirate...
... ist doch alles gut, solange ich Yamato hab...

Es gibt so vieles, was ich bereue...
KLAPP
GLUCKER
GLUCKER
... aber...
... ohne diese Dinge hätte ich wohl nie den Laden meiner Eltern übernehmen wollen...
... nie in diese geschmacksintensive...
... eingelegte Pflaume gebissen...
SSSH
... und nie meine Familie, die Leute aus der Stadt...
KLAPPER

Gute Arbeit, Mitsuomi!
Danke dir!
QUIETSCH
Hä?
Keine Ahnung, was du meinst.
KICK
Das hattest du geplant!
Danke...

Hahaha!
Du bist aber ganz schön umgänglich geworden!
Da vergeht mir die Lust am streiten!
Ist das Yamatos Einfluss?
BLUSH
...
Hier! Für dich!
KABONK
Du wolltest das Geld zwar nicht nehmen...
... aber würde mich schlecht fühlen, wenn ich dich nicht für deine geleistete Arbeit bezahle.
VROMM
Vielen Dank...

... dass er mich sowieso nicht versteht...
... aber...
... wenn ich mich ohne zu streiten...
... richtig mit ihm ausgesprochen hätte, statt davonzurennen ...
Das gilt nicht nur für mein Verhalten gegenüber Harada...
... so war ich wohl schon die ganze Zeit...
Ich möchte mich für damals entschuldigen.
Ha ha...!

Was...?
Du gehst doch deinen Eltern und Yamato zur Hand.
Woher...
Er erzählt mir immer von dir, wenn er seine Lieferung bringt.
Damit geht er echt zu weit...
Urgh!
RATSCH
Na also! Es klappt doch, wenn du nur willst.
Hm?
Damals dachte ich...

Der macht mir echt Angst! Was für 'ne peinliche Situation!
Ein Wunder, dass ich mich mit diesem Kerl angelegt hab.
H...
Hier ist Ihre Lieferung...
ガタンッ
KABONK
Okra
Okra
Okra
Toma
Okra
HIBBEL
HIBBEL
Du legst dich echt ins Zeug, hab ich gehört.
Kumai
Pfirsichpflücken
2. Wahl

Harada
Wart ...!
VROMM
Aber mit Harada...
... bin ich doch schon nach zwei Tagen aneinandergeraten und wurde gefeuert!!
Harada
Ver-dammt ...!!
Hnggg!
HIEV
Gemüse
Nicht zu fassen...!!
TRAPP
QUIETSCH
Hallo...
Eine Lieferung von Kumai!

... gilt doch für dich!
Urgh!
SCHIIIEB
Halt Abstand!
Aber bei so was bist du gar nicht nett!
POCH
POCH
Nur daran, dass er mir so auf die Pelle rückt, kann ich mich nicht gewöhnen.
KABONK
Also dann!
SCHIEB
SCHIEB
Bring das bitte zu Harada!
Was?!
Ich muss noch ein paar Lieferungen hier in der Nähe machen!
Halt!
Wenn ich damit fertig bin, komm ich wieder!

Immer, wenn ich schlecht drauf bin, holt er mich aus dem Haus, um ihm zu helfen...
... und redet wie jetzt über unverfängliches Zeug.
Du bist ein echt netter Kerl...
Du aber auch, Mitsuomi.
Hä? Ich doch nicht!
RUCKEL
QUIIIETSCH
Hoppla!
Du bist immer für mich da!
Nicht wahr?
Das...

ZIIIERP
ZIIIERP
Ach übrigens!
Vor kurzem ist doch diese Tankstelle pleitegegangen ...
... und da steht jetzt ein Familien-restaurant!
Ich glaube, es heißt „Morning"...
... und ich wollte gern mal dort hin.
Lass uns doch zusammen hingehen!
So ist Yamato immer.

ガタンッ
KABONK
PRESS
Verflucht!
Als ob ich nur aus einer Laune heraus ein halbes Jahr lang nicht locker lassen würde.
...
Tut mir leid, Mann.
Hey, Mitsuomi!
Könntest du mir gleich ein bisschen helfen?

Damit gehst du echt zu weit, Papa! Ich hab mir schließlich auch alle möglichen Gedanken gemacht und...
War doch bestimmt nur so eine Laune von dir.
RUMMS
Was heißt hier „nur"...?
Warum bist du dir da so sicher?!
Mitsuomi!
Bitte nicht vor Yamato!
Das gilt auch für dich, Schatz!

Ich hab doch gesagt, dass du das nicht schaffst!
Ist das alles an Gepäck, Schatz?
Warum sollte ich das nicht schaffen?!
Ich bin doch kein Kind mehr!
Aber geistig schon!
Schon damals hast du gesagt, dass du den Laden nicht übernimmst ...
... und jetzt willst du's dir leicht machen, aber daraus wird nichts!
Na ja...
Damals hab ich so was schon mal gesagt, aber...
Du willst den Laden doch nur, weil du sonst keinen Job findest!
Nur weil du mein Sohn bist, denke ich trotzdem nicht daran, den Laden einem verantwortungslosen Kerl zu überlassen!
GROLL

* buddhistisches Ahnenfest im August

... aber mein Vater hat mich noch immer nicht akzeptiert.
Hey, bist du's, Yamato?
Hallo!
Tut mir leid, dass es hier so drunter und drüber geht.
RASCHEL
Alles gut!
Schön, dich zu sehen!
Schenk ihm doch Tee ein, Mitsuomi!
Sind Sie gerade auf dem Sprung oder so?
Sie haben sich so schick gemacht!
Ach! ♡
Ich hab dir doch neulich davon erzählt.
Sie fahren zu meinem ältesten Bruder.
Ach so! Der aus heiterem Himmel geheiratet hat?
Genau! Auch wenn's total verspätet ist...
... fahren meine Eltern jetzt zum Kennenlern-treffen.
Na so was!
Wohnt er nicht in Okinawa? Bleiben deine Eltern über Nacht?
Genau.

Am besten kochen?
Mal überlegen...
Auch wegen ihm hier...
... habe ich mich dazu entschlossen, das Familiengeschäft für Altarbedarf zu übernehmen.
Winter letzten Jahres...
Ich brauche keinen Nachfolger!
ガタ
KABONK
Diese knappen Worte hatten meinen Entschluss prompt über den Haufen geworfen.
Kopf hoch!
Nachdem ich meine Bitte noch mehrmals wiederholt hatte...
... darf ich wenigstens Heimarbeit für unseren Laden erledigen...

Echt heiß, nicht wahr?!
Hier sind Maiskolben!
Ihr baut auch Mais an?
Nur für den Eigenbedarf.
Deswegen sind sie klein, aber ich finde sie lecker.
Krass!
Danke!
Ist Opas Fuß wieder in Ordnung?
RUMMS
Ihm geht's wieder richtig gut! Fast zu gut!
Verstehe!
Dann ist ja alles gut.
Du sagst es.
Nach dem Verlust meines Jobs bin ich nach zehn Jahren zum ersten Mal wieder in die Provinz zurückgekehrt.

#002
RATTER
RATTER
Hallo!
WHOOO
ZIIIERP
ZIIIERP
Hey!

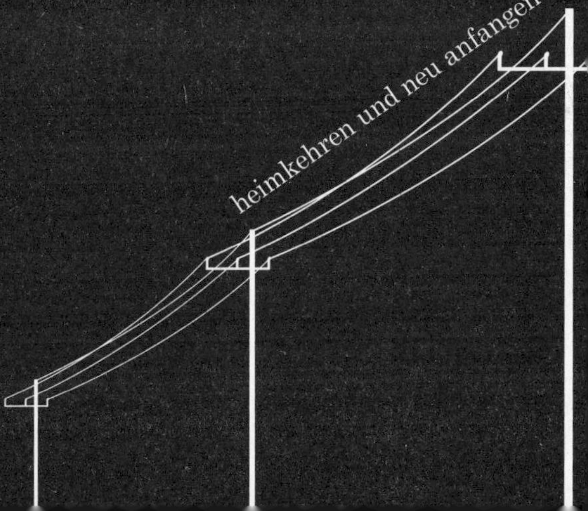
heimkehren und neu anfangen

heimkehren und neu anfangen

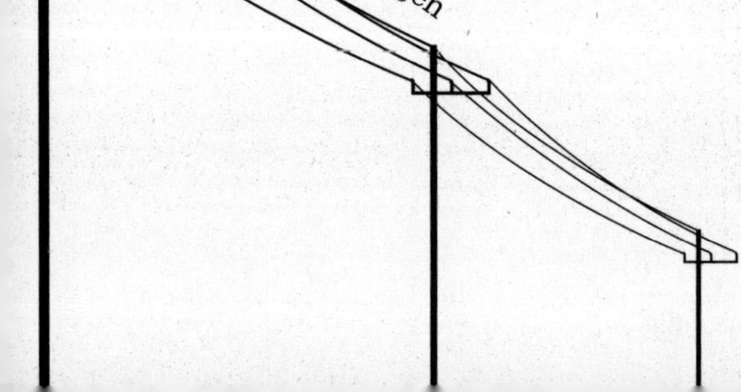

Ich wollte meinen Vater fragen...
... ob ich im Laden aushelfen darf.
Deine Eltern werden sich bestimmt darüber freuen!
Da bin ich mir nichts so sicher.
Der regt mich echt auf...
Auch ich sollte mich endlich zusammenreißen.
ぎゅっ
GRAP
Aber wie lange willst du mir noch am Hals hängen?!
Na ja.
Du bist so schön warm, Mitsuomi.
Hey! Wir haben grün!
TUTUUUT

Danke... ... Mitsuomi!
Dass du dich so darüber aufregst, als beträfe es dich selbst.
Auch wenn ich nicht von hier bin, hab ich Opa und auch diese Stadt wahnsinnig gern...
... und ich werde mein Bestes tun, damit mich die Leute Schritt für Schritt akzeptieren.

?!
Auuu!
Hör auf so zu grinsen!
Ich bin nämlich auch auf dich sauer!
Aua!
Aua!
He he!
Kapiert.
Ist doch klar, dass ich so wenig über ihn weiß...
... aber warum nervt mich das so?
Oh Mann!
KNARZ
Was soll's...
Ich Idiot mach hier als Einziger so 'nen Aufstand.

Findest du's nicht ziemlich ausgrenzend...
... zwischen Leuten von hier und von außerhalb zu unterscheiden?
Wenn *du* schon nicht von hier bist, bin ich dann ein Ausländer, oder was?!
Schon klar.
Nach zehn Jahren hat er sich bestimmt an das ein oder andere gewöhnt...
Nach etwa einem Monat weiß man doch eigentlich Bescheid...
... aber warum zum Teufel kennen sie dich selbst nach zehn Jahren, die du mit ihnen in derselben Stadt gelebt hast, noch nicht richtig?
Das regt mich echt auf!
... aber ich hab keine Ahnung, was in diesen zehn Jahren passiert ist.
...
LINS
LÄCHEL

Lass uns gehen, Mitsuomi.
GRUMMEL
GRUMMEL
Sag mal...
GRUMMEL
GRUMMEL
GRUMMEL
Bist du noch immer angefressen?

... aber wenn ihm irgendwann mal was passiert, können wir uns nicht auf Yamato verlassen.
Er ist schließlich nicht von hier.
がっ
GRABB
Hey!
Wo willst du hin?!
Wie können die nur so ein dummes Zeug reden!
Schon gut. Ich bin's gewöhnt.
WUPP
ぱっ
An so was solltest du dich aber nicht gewöhnen!

Du hast recht...
Hau ruck!
Komm! Es steht doch noch Arbeit an, oder?
Ich spring auch für den Opa ein!
Wolltest du mich aufmuntern, Mitsuomi?
Quatsch! Spinnst du?
Kumai-san hat sich einen Zeh angeknackst?
Dann kann er wohl 'ne Weile nicht aufs Feld...
Ein Glück, dass es nur sein Fuß ist...

Ich hab ihn noch nie so mutlos gesehen...
Wie sagt man so schön...?
Man darf nichts für selbstverständlich halten.
Was redest du so weise daher...?
... so dass ich wenigstens...
Hey!
ZUPF
Was...?!
So viel, wie er redet...
... ist er noch putzmunter!
... jetzt ein fröhliches Gesicht für ihn aufsetzen wollte...

Na ja...
KLAPP
Ein Glück, dass er sich nicht den Kopf oder so gestoßen hat.
...
Hey!
Haaah...
ZUCK
KLAPP
ガクッ
Ja.
Ein Glück...
Sonst ist er immer so fröhlich...

Ich hab dir doch immer gesagt, dass du mich rufen sollst...
... wenn es was Schweres zu tragen gibt...
Opa!
...
Man bleibt nun mal nicht ewig jung...
... und Sie können nicht mehr so viel arbeiten wie frü-her...
Hey, Mitsuomi! Mehr als so ein Weichling wie du...
... schaff ich alle Male!
Weich-ling?!
RUMMS
Wahr-scheinlich ist es kein Bruch...
... aber morgen wollen sie dich gründlich unter-suchen, so dass du die Nacht in der Klinik bleiben sollst.
Also bleib bitte im Bett.
WUPP
Mir geht's gut, hab ich doch gesagt!
Aber ich hab's kapiert, also verschwindet endlich!
Ich komme morgen wieder!
KNARZ

バダンッ
RUMMS
カランカランッ
KLANK
KLANK
?
Ob was runtergefallen ist...?
Was ist passiert, Opa?
ガラッ
RATTER
Opa...!
Sie vermuten, dass der Knochen angeknackst ist.

Und dass dich deine älteren Brüder oft zum Weinen gebracht haben...
... und du deswegen nur herumgammelst.
V... verdammt!
Was sagst du da...?!
Ich gammle nicht herum!!
Ich bin höchstens etwas verschroben!
がしっ
GRABB
MUTTER
Diese Yoshiko ...
Aber das war wohl der Grund...
ぱっ
WUPP
... warum ich bei unserer ersten Begegnung das Gefühl hatte...
... dass ich dich schon kenne.
Endlich bin ich dir begegnet, hab ich gedacht.
Was der für peinliches Zeug redet...
Aber bestimmt bist du jetzt von mir enttäuscht.
KABONK

...
Vielleicht gilt das für den Opa, aber warum zum Teufel freust du dich so?!
Und setz dich gefälligst drüben auf den freien Stuhl!
Deine Mutter hat mir ständig erzählt...
... dass sie einen Sohn in meinem Alter hat.
Und deswegen wollte ich dich unbedingt mal kennenlernen!
Obwohl ich mich sonst erst dann zufrieden gebe, wenn ich alles gesagt hab, was mir auf der Zunge liegt...
... bring mich sein sorgenfreies Lachen...
... aus unerfindlichen Gründen zum Schweigen.
Was hat sie denn so über mich erzählt...?
Mal überlegen ...
Ach ja!
Das du bis zur fünften Klasse ins Bett gemacht hast!

Wo gehst du hin, Opa?
RATTER
RATTER
Ich schau mal kurz nach den Feldern.
ピシャーッ
ZACK
Hat er irgendwas gesagt?
Hier!
Danke!
Ach so... Dass ich mich kein bisschen verändert hab und so...
Hahaha! Das sieht ihm ähnlich!
Als er hörte, dass du wieder da bist, wollte er dich unbedingt sehen...
... aber selbst bei euch vorbeizukommen schien ihm irgendwie peinlich zu sein.
PLUMPS
Sowohl Opa als auch ich sind echt froh...
... dass du wieder hier bist.

* Läden, die 24 Stunden geöffnet haben.

Das komplette Gegenteil von Yamato!
Irgendwie krieg ich das heute ständig zu hören...
Meine Mutter hat auch so was in der Art gesagt.
Auch wenn sie so redet...
... ist sie bestimmt froh, dass du zurückgekommen bist.
Waaas?
Hier!
Eltern werden ihre Kinder immer lieben, egal, wie alt sie schon sind.
Selbst einen Sohn...
... mit einem so bösem Mundwerk wie dich!

Opa Kumai!
Das letzte Mal hab ich ihn auf der Trauerfeier seiner Frau gesehen...
Sein Rücken ist tatsächlich krumm geworden.
S...
Sie erinnern sich noch an mich?
Gib mal her!
Und ob ich mich erinnere!
Du hast dich kein bisschen verändert!
Der Ansatz ist voller Erde! Hier! So macht man das...
Warten Sie, Opa! Das Wasser!
Das Wasser spritzt!
SPLASH
ばっちゃ
ばちゃ
SPLASH
Du warst schon immer ein oberflächlicher Kerl! Und trotzdem immer nur am Meckern!
STECH

Du hast uns doch gerade erst Gemüse gebracht...
Echt jetzt!
PRESS
Der Geschmack ist voll der Hammer!
TRAPP
たっ
Warte kurz!
たっ
TRAPP
Hey...
Respekt...
Obwohl ich noch zwei Brüder hab...
... will keiner von uns das Familien-geschäft überneh-men.
Mitsuomi!
Wasch gefälligst auch den Blattansatz richtig!
ばっ
WUPP
!

Stell die Kisten doch erst mal ins Lager.
Verdammt schwer!!
ぐったり…
PLATT
Mein Kreuz...
Hah...
Mein Kreuz ist am Ende...
Warum zum Teufel bist du noch so munter...?
Ich bin's einfach nur gewöhnt.
Aha...
Ach ja, das Gemüse von euch war echt lecker.
Du hast es gegessen? Meine ganze Liebe steckt darin.
Übrigens, wer kocht eigentlich bei euch?
Meistens kocht Opa...
... da er ziemlich hohe Ansprüche stellt.
Ich putze und mache die Wäsche...
... weil Opa schon so einen krummen Rücken hat.
PLITSCH
Hey! Magst du dir was von Opas eingelegtem Gemüse mitnehmen?
SWUPP
Wie?! Nicht nötig.

Verdammt, ich bin doch gar nicht geflüchtet!!
Und was heißt hier „berüchtigt"?!
ずんっ STAPF
STAPF ずんっ
Vielen Dank!
Sag Bescheid, wenn noch was ist.
Der ist echt beliebt...
Hey!
Mitsuomi!
Du bist meine Rettung! Hier gibt's haufenweise zu schleppen...
... und Opa schafft das nicht.
Ich hab ja eh nichts Besseres zu tun!!
Er ist echt das Gegenteil von mir!

Lecker...
TRÜBE
BIBBER
Brrr! Kalt!
Kozuka
BIBBER
Mein Vater... mit einem Händler?
SWUPP
Und dann...
Tss!
Hey! Ist das Ihr berüchtigter dritter Sohnemann?
Muahahah
Ja... Er wurde in Tokyo gefeuert und ist zurück nach Hause geflüchtet.

Ach ja, Mitsomi!
Kannst du mir ein bisschen helfen, wenn du heute Nachmittag nichts zu tun hast?
Und ob ich was zu tun hab!!
BRÜLL
Bis später!
Er ist so offen, fröhlich und nett...
Warum bist du nur so völlig anders als er.
Vielleicht komm ich nach meinen Eltern.
Ach ja!
Du hast mir gar nicht gesagt, dass du gefeuert worden bist.
KEUCH HUST
Wozu bist du eigentlich zurückgekommen?
Na ja...

Chinakohl, Lauch...
... und Kartoffeln.
Boah! Der Chinakohl ist ja riesig!
Vielen Dank!
Ich hab schon ein schlechtes Gewissen.
Was ich nicht ausliefern kann, muss ich sowieso weg-schmeißen.
Es ist schön, wenn ich einen Abnehmer finde!
Ich freu mich sehr darüber!
Ach ja! Iss doch bei uns zu Mittag!
Danke...
... aber Opa wartet auf mich.
Es ist nicht viel, aber nimm doch diese hier mit!
Ich liebe diese Reiscra-cker!

Früher war ich oft bei Opa Kumai zu Besuch...
... aber da waren doch gar keine Kinder.
Huch?
Na ja!
Ich hatte lange Zeit keine Familie...
... und während der Highschool wurde ich von den Kumais adoptiert.
Was?!
Deswegen sind wir uns noch nie begegnet!
Gurken
Freut mich, dich kennenzulernen, Mitsuomi!!
Oh!
Ebenfalls!
SCHÜTTEL
SCHÜTTEL
Ich bin immer noch verblüfft...
... wie extrem gelassen er darüber sprach.
RASCHEL
Hallo Tante!
Hier!
Und auch dieser Anblick gehört nun immer mehr zu meinem Alltag.
Er hat sich viel besser in dieser Stadt eingelebt als ich.

Wer bist du denn?
ガバッ
SWUPP
Hey! Bist du etwa Mitsuomi?
Was?
Kenn ich diesen Typen ...?
Deine Mutter hat gesagt, dass du zurückkommst, weil du gefeuert wurdest.
STARR
Ich bin Yamato...
... und gehöre zu Opa Kumai!
Kumai...?

Deine Augen sehen doch nur etwas wie die einer Katze aus!
Wah!
H...
Halt die Klappe! Ich hab deswegen Komplexe!
KLATSCH
Und du hast kalte Hände!!
Waaas?
Dann wärm sie mir doch, Mitsuomi!
Lass den Blödsinn!
Hände weg von meinem Hals!
Meine erste Begegnung mit Yamato im letzten Monat...
... hat ebenfalls hier auf dieser Veranda stattgefunden.

... ist dieser Kerl hier.
Yamato Kumai, 25 Jahre.
RATTER
RATTER
Er ist der einzige Sohn vom alten Kumai, der gleich nebenan wohnt.
カタ
KLAPP
ン
Wie oft bist du jetzt schon gefeuert worden, seit du hier bist?
...
Drei Mal.
MURMEL
Mua-haha!
Da gibt's nichts zu lachen!
TRET
Weil du einfach deinen Mund nicht halten kannst, Mitsuomi!
Und handgreiflich wirst du auch gleich.
Ist doch so!
Ja ja.
Ich werd schnell handgreiflich, hab ein böses Mundwerk und böse gucken tu ich auch.
Tss!
GRABB
Du guckst böse?

... Yamato!
Zurzeit bin ich auf der Suche nach einem neuen Job.
Hau ruck!
Bist du schon wieder wegen eines Streits gefeuert worden?
Oh Mann! Auf dem Land wissen gleich alle Bescheid!
Dabei ist es erst gestern passiert!
Hey! Heute könnte es zum ersten Mal in diesem Winter schneien!
Wundert mich gar nicht! Mach endlich die Tür zu!
Geboren und aufgewachsen bin ich in der tiefsten Provinz, deren Vorzug ein unglaublich weiter Himmel ist.
Während meiner Highschool-Zeit habe ich diese Stadt verlassen und seitdem in Tokyo gelebt...
... und nachdem mich meine Firma nach zwei Jahren gefeuert hat, bin ich tatsächlich letzten Monat das erste Mal nach zehn Jahren in die alte Heimat zurückgekehrt.
Die einzige Veränderung, die in dieser ansonsten immergleichen Heimat stattgefunden hat...

Wer hier völlig zerstört am Boden liegt...
... ist Mitsuomi Kozuka, 25 Jahre.
WOSH
WOSH
RATTER RATTER
Ich hab dir doch gesagt, dass du durch die Haustür reinkommen sollst...

#001

INHALT

Kumai's